Jorge y el Jarro de Galletas Perdido

por Marta Arroyo
ilustrado por Penny Weber

 Dayton Publishing • Solana Beach, California

Texto configurado en ITC Stone Serif (Stone Foundry)
Título y las letras en ilustraciones en BrookeShappell8 (FontSpace)

Impreso y encuadernado en Estados Unidos

Dayton Publishing LLC
Solana Beach, CA 92075
USA
858-775-3629
publisher@daytonpublishing.com
www.daytonpublishing.com

ISBN-13: 978-0-9970032-7-7

Para mis queridos nietos,
Irene, Jacob, Cruz, Grace y Nora
M. A.

Para Nonni y sus deliciosas galletas
de avena con pasas de uva
P. W.

Un fin de semana fresco en el otoño, Jorge y su hermano y hermanas se movieron a su nueva casa con Mamá, Papá, Abuelita y Abuelo.

recámara de Gracie
recámara de Lola
porche
recámara de Abuelo y Abuelita

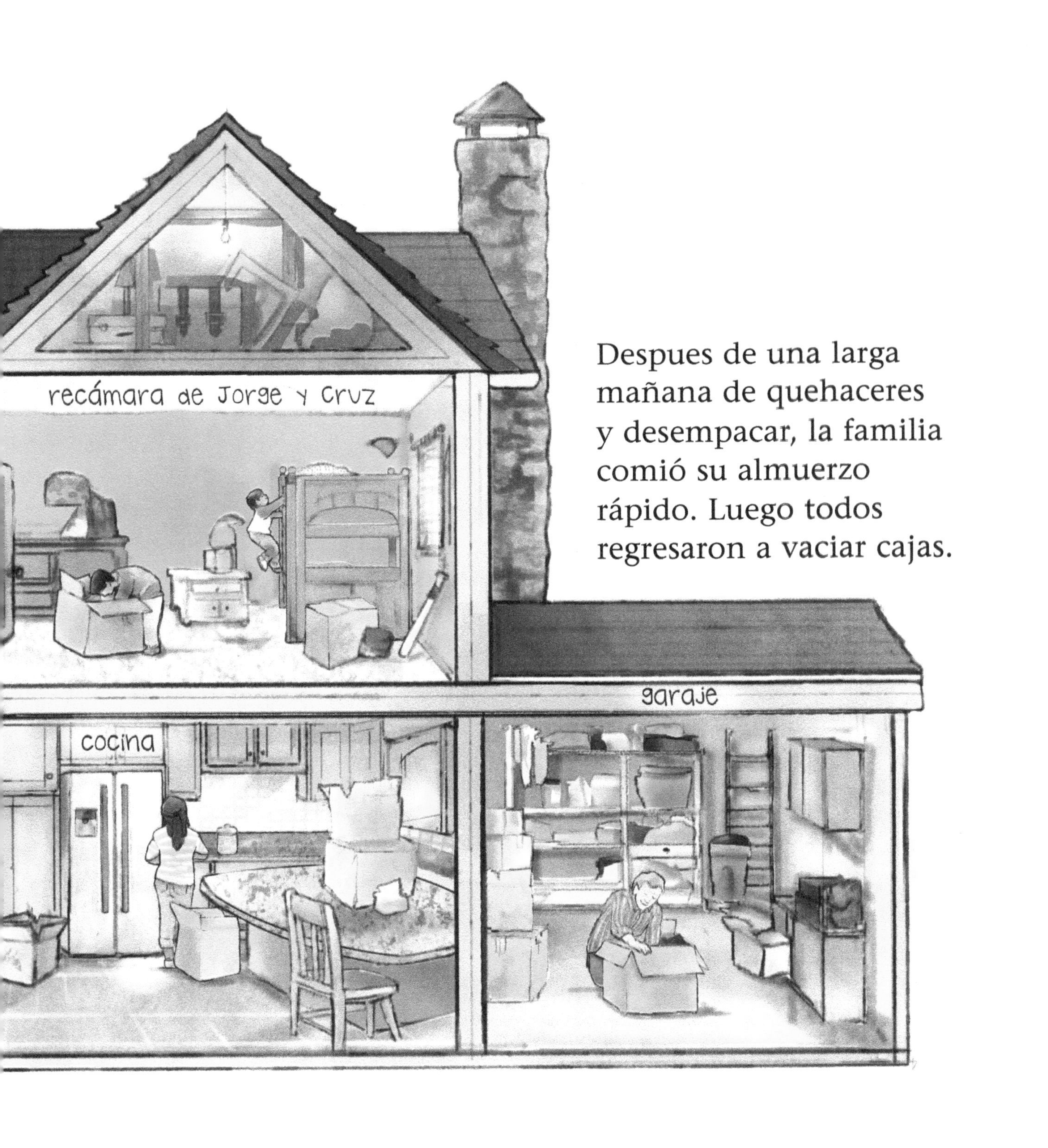

Despues de una larga mañana de quehaceres y desempacar, la familia comió su almuerzo rápido. Luego todos regresaron a vaciar cajas.

Jorge's
BOOKS
TOYS

Jorge y su hermano, Cruz, estaban trabajando en su recámara. Pronto Jorge estaba hambriento por galletas. Deliciosas galletas caseras, hechas con amor por Mamá y Abuelita.

—Cruz, ¿has visto el jarro de galletas? —le preguntó a su hermano.

Cruz estaba desempacando cajas de rompecabezas y juegos.

—No —el dijo—. No lo he visto, pero traéme una galleta si lo encuentras, por favor.

Jorge caminó hacia los escalones para bajar a la cocina.

En camino pasó la puerta del cuarto de su hermana Lola.

Se detuvo y miró adentro, **pero no vio el jarro de galletas.**

—Lola, ¿has visto el jarro de galletas? —le preguntó.

—Busca en la barra de la cocina —le dijo Lola—. Creo que mamá debe tenerlo.

Jorge bajó los escalones.

En la cocina vio varios jarros vacíos y una jarra grande llena de cucharas de madera. **Pero no vio el jarro de galletas.**

—Mamá, ¿dónde está el jarro de galletas? —le preguntó.

Mamá le dio un beso.

—No está aquí, m'ijo. No lo he visto. Pregúntale a Gracie.

Jorge volvió a subir los escalones.

En la recámara de Gracie él vio una canasta con libros y revistas, **pero no el jarro de galletas.**

—Gracie, ¿sabes dónde está el jarro de galletas? —le preguntó Jorge.

Gracie solo encojió los hombros.

—Pregúntale a mamá —le dijo.

—¡Pero *ya le pregunté* a Mamá! Ella no sabe!
— exclamó Jorge—. Y ahora ¿dónde vamos
a poner las galletas de chispas de chocolate?
¡Son mis favoritas!

Dio media vuelta y bajó los escalones. Se fue hacia el garaje, donde Papá estaba trabajando.

Vio a Papá con su caja de herramientas, **pero no vio ningún jarro de galletas.**

—Papá, ¿dónde está el jarro de galletas? —le preguntó.

—No lo tengo, m'ijo —dijo Papá.

—Ahora ¿dónde pondremos los polvorones? —dijo Jorge—. ¡Los polvorones de Mamá son los mejores!

—¡O, yo sé! —Jorge dijo de pronto—. Le voy a preguntar a Abuelita.

Jorge encontró a Abuelita regando las plantas en el porche. **Pero no había ningún jarro de galletas.**

—Abuelita, ¿ha visto el jarro de galletas? ¡Tengo ganas de una galleta!

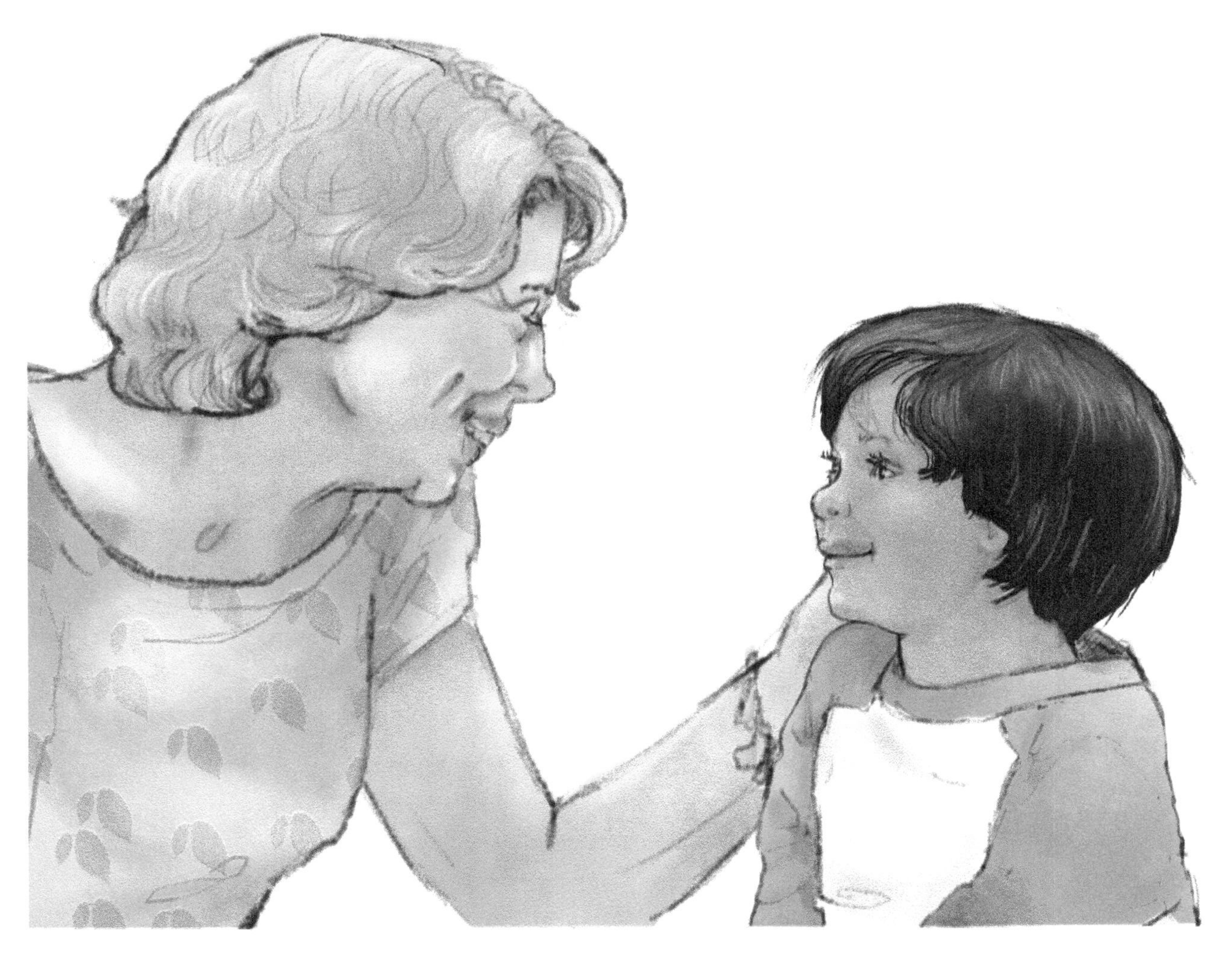

—No, m'ijo —le contestó—. Ve adentro y pregúntale a tu Abuelo. Puede ser que él lo tenga. Pienso que me acuerdo que lo empacó. Lo vas a encontrar. ¡Y luego hornearé más galletas calientitas!

En la recámara de Abuelita y Abuelo, en su escritorio, estaba una maravillosa sorpresa. Tal como lo había dicho Abuelita, **¡allí estaba el jarro de galletas familiar!**

—¡Viva! —gritó Jorge.

Pero en lugar de galletas, el jarro tenia plumas, lápices, una regla, un abrecartas, tijeras, y el par de lentes de Abuelo.

—¡O, no, querido Abuelo! —exclamó Jorge—. ¿Ahora dónde vamos a poner las galletas?

—Lo siento, m'ijo —dijo Abuelo—. Vaciaremos este jarro de galletas. Yo buscaré otro envase para guardar estas cosas. Y vámonos a la cocina para hacer galletas ahora mismo.

—Sí, Abuelo, Abuelita nos va ayudar.
¿Qué tipo vamos a hacer... polvorones,
chispas de chocolate, galletas de azúcar?
¡Apenas puedo esperar!

—¡Gracias, Abuelo!

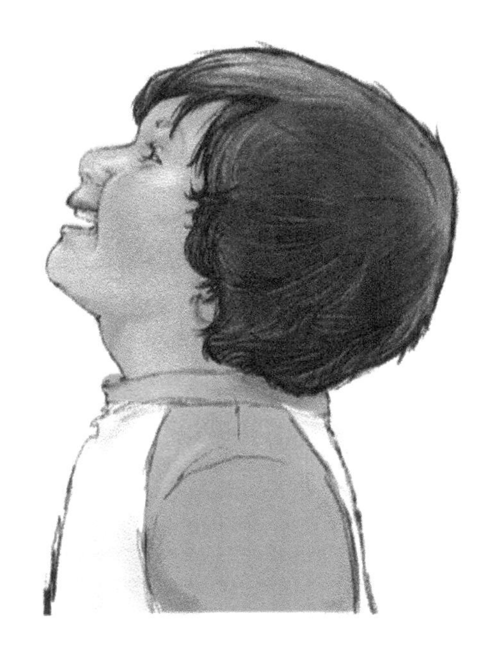

Papá
Gracie
Mamá

¡A todos les gustaron las deliciosas galletas!

Jorge y la gatita buscaron el jarro de galletas perdido por toda la casa. ¿Puedes seguir su camino? La gatita te ayudará.

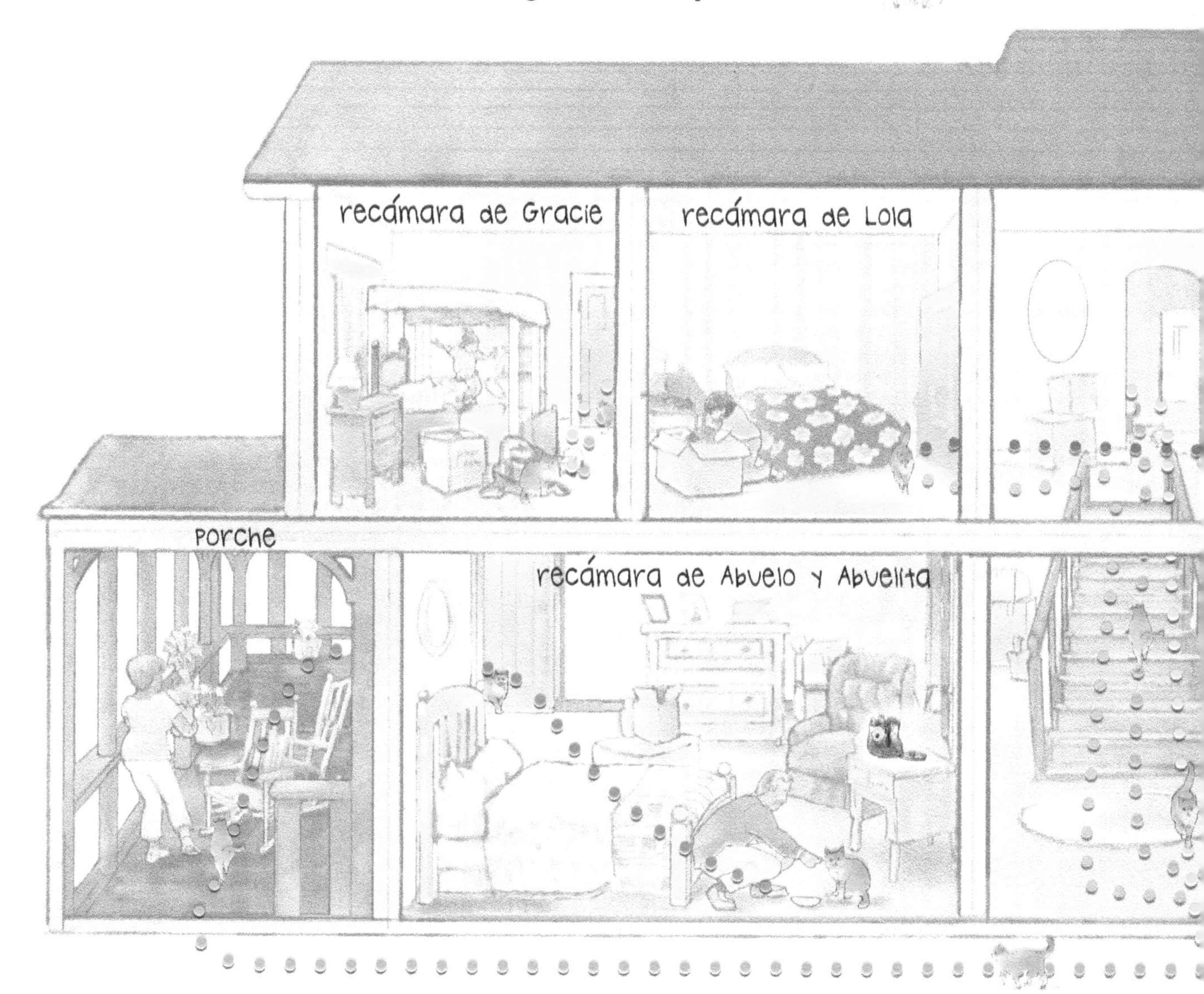

Empezaron en la recámara de Jorge y Cruz, y se fueron a la recámara de Lola.

Bajaron hacia la cocina.

Luego subieron y caminaron por el pasillo hacia la recámara de Gracie.

Bajaron al garaje.

Luego se fueron al porche.

Y finalmente a la recámara de Abuelo y Abuelita.

¡Y allí estaba el jarro de galletas!

Sobre la Autora

Marta Arroyo graduó de la Universidad de California en Santa Bárbara, donde se especializó en Literatura Española. Ella enseñó educacion elemental durante más de treinta años, principalmente para el Carlsbad Unified School District. Desde su jubilacion Marta ha escrito dos libros bilingües para niños, *La Fiesta y el Mariachi* (2007), y *El Cuento de la Señora Tamales* (2010). ***Jorge y el Jarro de Galletas Perdido*** es su primer libro con Dayton Publishing. Marta vive en la ciudad de Oceanside, California, con su esposo Juan. Su pasión es jugar juegos con sus nietos. Ella tambien ayuda de voluntaria en sus escuelas y está disponible para leér en aulas y bibliotecas locales.

Sobre la Ilustradora

Penny Weber es artista e ilustradora de la ciudad de Long Island, Nueva York, donde ha vivido toda su vida. Ella trabaja de forma digital y tradicional con pintura acrílica y acuarela. Penny asistió a clases en la Escuela de Artes Visuales de Manhattan. En 2007 prestó atención a la ilustración de libros para niños y desde entonces ha ilustrado muchos libros, incluida la serie *Chris P. Bacon*. Algunos de los clientes de Penny son Hay House, McGraw-Hill Education, Seed Learning, Tilbury House y Learning A-Z. ***Jorge y Jarro de Galletas Perdido*** es su primer libro con Dayton Publishing. Penny tiene un esposo, tres hijos y un gato anaranjado.

Printed in the USA
CPSIA information can be obtained
at www.ICGtesting.com
JSHW071133150424
61185JS00012B/78